DESLAÇOS DE FAMÍLIA

Catalogação na Publicação (CIP)

P348
Pazzinatto, Rodrigo
Deslaços de família / Rodrigo Pazzinatto ; Marina Gavaldão.
1.ed. - Belo Horizonte : Quixote+Do Editoras Associadas, 2020.
107 p.
ISBN 978-85-66256-65-9
1. Contos brasileiros. 2. Psicologia. 3. Psicopatologia.
I. Marina Gavaldão II. Título.
CDD: B869.3

Bibliotecária responsável: Fernanda Gomes de Souza CRB-6/2472

Revisão Valter Braga
Projeto gráfico Caroline Gischewski
Ilustrações Marina Gavaldão
Agradecimento Laura Freire de Andrade
Editores Alencar Perdigão, Luciana Tanure, Cláudia Masini
Assistência editorial Sofia Rossi

EDITORAS ASSOCIADAS

Rodrigo Pazzinatto

ilustrações
Marina Gavaldão

DESLAÇOS DE FAMÍLIA

Era a materialização do impensável,
como se eu tivesse decidido a minha vida por catálogo,
ainda sem compreender que a uma escolha
se seguem as consequências dessa escolha.

João Tordo

Para o meu Homero.

ALGUMAS PALAVRAS

Este livro de contos traz à tona uma discussão bastante atual, sobre a patologização da vida. Essa patologização (ou psicopatologização, nesse caso) é a tentativa de transformar uma característica humana em algo que é tido como uma desordem, ou seja, uma doença. Dessa forma, acabamos por nos distanciar daquilo que é humano, negando sentimentos, como se fôssemos obrigados a viver em uma certa normalidade. Sem distanciar do ambiente literário, que é a proposta desses contos, a intenção aqui é mais de uma aproximação da realidade. Em que medida estamos tornando patológicos comportamentos que são normais do ser humano?

Quais os limites da normalidade? Por meio de histórias que perpassam a patologia e a normalidade em diferentes contextos, os textos provocam o leitor para uma reflexão. Não se trata de ir contra as classes diagnósticas da saúde mental, mas sim de tratar dos assuntos da nossa psique com maior responsabilidade. Desde assuntos relacionados a gênero, velhice e orientação sexual, até as classificações diagnósticas de bipolaridade, transtorno de aprendizagem, transtorno do opositor-desafiador e transtorno de déficit de atenção e hiperatividade, o livro promete problematizar questões vividas por muitas famílias, permeadas por conflitos, desavenças e separações. Numa era que ultrapassa a tecnificação, somos apresentados a uma sociedade que exige cada vez mais que o ser humano tenha performance e esteja apto para lidar com a velocidade das tecnologias e das demandas de família, trabalho, e todos os papéis sociais que exercemos, sejam impostos, ou buscados, numa tentativa inconsciente de autoexploração. O resultado é um corpo que não acompanha mais esse processo e clama por descanso. E, para dar conta de tudo, nos apossamos de uma lógica imediatista, em que a medicalização dos sintomas é a única saída. Penso se estamos nos confrontando com um dilema existencial, que nos torna cada vez menos humanos. Ao negarmos sentir o medo, a angústia e as frustrações, impedimos também a oportunidade de ir em busca de sentido.

Os contos aqui escritos ultrapassam a questão da psicopatologização para entrar na esfera social que conduz a uma reflexão sobre princípios éticos, próprios do ser humano. Desejo, enfim, uma boa leitura, e que esta seja prazerosa e reflexiva.

Rodrigo Pazzinatto

A MENINA DO ESPELHO

"As profecias que se autocumprem são vaticínios que se convertem em realidade, somente por terem sido profetizados."

Paul Watzlawick

"Não é à toa que existe o imaginário. É dele que é tecido nosso mundo interior."

Milan Kundera

Rita entrou em casa e foi direto para o espelho do seu quarto, como fazia todos os dias em seu retorno da escola. De formato ovalado e emoldurado em uma armação que já murmurava os sinais da idade, o objeto fora uma herança de sua falecida avó. Cruzou a sala como um cometa invisível e só pôde ser vista depois de topar com sua mãe, que acabou por estraçalhar uma porcelana ao chão e escurecer de café um claríssimo vestido que acabara de trajar.

— Essa menina me mata de nervos - gritou a mãe. Realmente ela era travessa! Agora, em frente ao espelho ela se admirava. Gostava de olhar bem de perto, assim contemplava seus traços, seu sorriso, o verde dos seus olhos, sobrando tempo para arriscar algumas caretas. Fazia cara de brava numa tentativa de se intimidar, ria alto e enxovalhava o aparato que refletia a sua imagem. Um objeto! Sua melhor companhia para distrair-se de uma vida solitária. O fato de ser filha única tornava o espelho seu melhor amigo. Nunca engoliu direito essa história de não ter irmãos e alimentava seu anseio de um dia ter uma companhia para tornar os seus dias mais alegres.

O fato é que se sentia sozinha, e seu gosto por confusões poderia ser dividido com mais alguém. Tinha um grande sonho: que aquele antigo espelho fosse mágico. Certa vez, desconfiara que o reflexo do seu rosto lhe respondeu com um movimento quase audível, mas não deu grande importância, já que contos de fadas habitavam um mundo que lhe era distante.

Seus pais passavam a maior parte do dia em um trabalho idiota, iludindo-se de que as condições financeiras e o status social pudessem sobrepor o tempo. Tempo para o qual não há remédios, não há volta. Tempo que se desfaz nele mesmo, no próprio instante em que se passa. Nesse momento sua mãe deambulava enfurecida pela casa, sem tempo. Não por menos – além de estar atrasada para um compromisso, tinha que trocar de roupa por conta da atrapalhada da Rita. Não sabia mais o que fazer com a menina, com toda essa energia. Mãe de primeira viagem, Clarice se perdia com tanta informação. Era difícil entender aquele comportamento que dissonava de suas aspirações. Costumava questionar se isso era o normal ou se havia um fôlego inquebrantável que fazia da garota uma torrente de saia.

Meio menina, meio moleque – uma gimbimba que preferia se juntar aos garotos para fazer arruaça, consumindo-lhes o ímpeto de brincar. Notava que as meninas da sua sala eram possuídas de uma conduta exemplar, mas ria delas, desfrutando-se do que chamaria de liberdade, se soubesse dar nome a essa perspectiva. Não conseguia se concentrar para manter sua atenção nas aulas. Nem português, nem matemática, nem ciências, nem nada. Educação religiosa? Dava-lhe calafrios. O simples fato de estar numa sala fechada trazia para si uma espécie de agitação, como um passarinho recém-enjaulado que trava um embate para retornar à condição original, deixando-a ansiosa só de pensar até quando seria assim. Gostava mesmo era de artes e educação física, em que sua bagunça passava despercebida. Podia rabiscar, rir, correr, gritar, sujar! Como toda criança, tinha um conceito peculiar sobre limites, o que nem sempre era bem entendido pelo mundo complicado dos adultos. Foi numa dessas aulas que resolveu pintar o rosto de sua coleguinha – com guache. Foi uma lambança só! A boazinha da Antônia deixou-a se esbanjar, e quem não gostou nada disso foi a professora – afinal era para pintar a cartolina e não a amiga. Soberana das atenções da turma, seu comportamento resultou num convite em seu diário para que sua mãe se dirigisse para um papo com a direção. Não fosse por ter enfiado o pincel no olho da comparsa, talvez nem precisasse de maiores intervenções.

– Essas crianças têm um juízo de minhoca! - diria a sua falecida avó.

Não bastava o pouco tempo disponível para dar conta dos seus compromissos, agora tinha que comparecer à escola de Rita. "Joguei pedra na cruz", pensava Clarice. Católica não praticante, ainda utilizava jargões cristãos para se referir ao modo como conduzia sua história pessoal. Apesar de julgar em seu âmago que sua filosofia de vida pudesse ser diferente do que prega a Bíblia, tinha o cristianismo arraigado em seu ser. Durante a conversa com a diretora, percebeu que havia uma preocupação que vacilava no caráter intrínseco da própria relação que se estabelecia. Remoendo aquele custoso diálogo, se perguntou em que parte tinha errado na ingrata tarefa de educar. Quis fugir do seu corpo quando escutou a palavra "transtorno" como possibilidade de investigação. Era só o que faltava. Saiu da reunião com um sentimento de culpa, se questionando sobre como não havia pensado que uma síndrome pudesse estar levando de Rita um futuro que já havia sido traçado. Ao mesmo tempo em que vivenciou um profundo sentimento de desalento e insegurança, sentiu-se determinada e confiante para investigar o cenário que esmaecia na frente de seus olhos. Levou-a ao médico. Após algumas idas e vindas, enfim o tão esperado diagnóstico: Transtorno de Déficit de Atenção e Hiperatividade. "Bom... dos males o menor", pensou. Depois confessou a uma amiga que ficou aliviada com a notícia. Agora poderia medicar a filha e tratar seu sofrimento. Além do mais, "ia servir para a menina sossegar um pouco. Como o prognóstico parecia dos melhores, esperava com inquietação uma melhora nas notas escolares. Ajustando uma concentração daqui, reduzindo uma agitação dali, o contexto todo parecia-lhe promissor. O que a mãe não sabia era que tudo aquilo não passava de um comportamento normal, que no fundo refletia uma falta de afeto que toda criança necessita.

Com muito jeito e bom senso, explicaram a Rita o que ela estava passando e que com paciência e responsabilidade na medicação ela iria sentir logo os resultados. No começo não foi fácil. A garota escondia o medicamento debaixo da língua e cuspia logo depois que a mãe se retirava. Logo viu que não adiantava resistir – enxergou uma mistura de desespero e melancolia no rosto de sua mãe, já perdida na inexatidão dos acontecimentos que se passaram, e sucumbiu ao tratamento. Sufocada pelas emoções e sem poder se despedir de suas sombras, engoliu o destino que lhe enfiaram goela abaixo. Com o tempo percebeu que tudo era para seu próprio bem. Sua mãe estava mais atenciosa e chegou até a pensar que foi bom ter esse transtorno. As notas não melhoraram muito, mas ela conseguia entender um pouco daquelas matérias que tanto odiava. Dona Clarice então! Indicava os profissionais que trataram da filha aos quatro cantos. Ficara uma menina mais calma, carinhosa, menos respondona e sem problemas na escola.

Passado um tempo, entrou no seu quarto e se percebeu uma garota mais madura. Não fazia mais caretas como antes e de fato parecia que estava se tornando uma mocinha. Encarou o espelho com um olhar penetrante, diferente de como fazia outrora, e percebeu que uma atmosfera peculiar tomava conta dos seus sentidos. Opa! O que foi aquilo? Aproximou-se desconfiada, e uma certeza nebulosa de que o reflexo piscara com um olho só a deixou atônita. Deu um pulo para trás. Esfregou o rosto para que sua ingenuidade pudesse averiguar se estava acordada e, um pouco perturbada pelo ocorrido, desafiou nova tentativa. Teve vontade de fazer um teste. Se ficasse paradinha, como se brincasse de estátua, talvez percebesse qualquer movimento diferente. Respirou fundo e mirou. O único músculo que utilizava naquele instante era seu diafragma, que lentamente se movia para trazer o ar para seus pulmões. Rita, muito espantada, ficou embranquecida quando viu a figura do espelho pular, enquanto a fitava com seus olhos incrédulos. Deu um sobressalto após sua imagem criar vida própria e, como num súbito, o coração parecia querer sair-lhe pela boca. O sangue que corria por suas veias procurava fugir do seu corpo, enquanto sua musculatura enrijecia-se como se houvesse um perigo iminente. Fechou os olhos. Estava com medo de olhar para o espelho. Será que de fato estava diante de um espelho mágico, como aquele que sonhara em ter? Justo agora que as fantasias já não faziam parte do seu mundo. Tomou coragem e espiou mais uma vez. Agora a garota do espelho estava de ponta cabeça, brincando e acenando. Rita estranhou. Depois que percebeu o clima de felicidade no ar, descontraiu e relaxou. Ensaiou puxar assunto, mas algo dizia que teria que voltar ao psiquiatra se dissesse para mãe o que estava ocorrendo.

Nos dias que se seguiram, o hábito de ir direto para o quarto tornou-se uma religião. Finalmente tinha um espelho mágico com o qual podia conversar e usufruir da companhia. A menina do espelho se chamava Lina, e era uma cópia exata da sua imagem. O que as diferenciava era a maneira com que percebiam o mundo à sua volta. Lina era cheia de vida e tinha uma energia para brincar que até cansava qualquer pessoa que se dispusesse a acompanhá-la. Alguns dias sentia inveja daquele reflexo. Como era feliz! Como era livre e tinha o universo para si!

Na escola, Rita permanecia menos agitada. Depois do diagnóstico passou a ter uma atenção especial – o que a incomodava cada vez mais. Às vezes sentia-se estúpida; outras vezes, apaziguada com a disposição das pessoas em ajudar-lhe. Com o tempo, foi internalizando o novo eu como algo natural de sua vida e, por mais que pudesse ver o lado bom da situação (a julgar como seus familiares, médicos e professores a adulavam), parecia que um fantasma lhe arrancara de si mesma e se apossara de sua subjetividade. Sempre havia alguém ao seu lado reforçando suas dificuldades e lhe amparando quando não conseguia alcançar objetivos, que muitas vezes não eram seus. A sensação de perda de domínio da própria vida lhe deu uma oportunidade de ficar mais preguiçosa. Com tanta gente ajudando-lhe a pensar e dizendo como fazer as coisas, seu cérebro atrofiava. Não em tamanho, mas nas possibilidades de imaginação. Sua cabeça tornara-se um depósito de ideias e uma máquina de atender aos desejos dos adultos. Por mais que relutasse em seu íntimo, percebia que estava agradando e tinha menos gente dando-lhe gritos para ficar quieta.

Um dia, encarou o espelho e chamou Lina. Contou a ela tudo que se passava em seus dias e da angústia que sentia por estar dócil e complacente. Conforme avançava em seu discurso, um sentimento de aflição percorria a sua pele e penetrava em seu corpo. Enquanto Rita chorava desesperadamente procurando entender o dia em que a vida escorrera de suas mãos, Lina mais pulava do que prestava atenção. Rita sabia que ela entendia tudo. Era como um ser onisciente em seu quarto, que fazia parte da sua consciência. Elas duas eram uma só: Rita e Lina unidas no imaginário, mas separadas arbitrariamente no cotidiano de sua existência. Como uma profecia que se autocumpre, o tempo distanciou-lhes uma da outra, e a garota nunca mais reencontrou o arrebatamento da juventude e a intensidade dos sentidos que Lina roubou-lhe para sempre.

VALENTINA

"Amarás o teu próximo como a ti mesmo."

Mateus 22:39

Nos dias de devaneio, quando se encontrava sozinha no jardim de sua casa, Valentina imaginava que era uma princesa. Seus olhos pretos, cor de jabuticaba, se distanciavam um pouco daquelas figuras de olhos azuis que via nas telas. Dava de ombros. Era o tipo de detalhe com o qual não perdia seu tempo. Apenas imaginava o tipo de personagem que gostaria de ser. Talvez uma mulher mais moderna, já que tinha em mente que não ia depender de homem algum para seguir o rumo de sua vida. Mesmo assim, era com vestidos longos – daqueles tipos bem clássicos que via na televisão, armados por dentro e bordados em rosa claro – que ela se dirigia até sua carruagem. Como preferia carros esportivos, não se importava que um conversível parasse na porta de seu castelo para fazer um passeio pelos bosques. Nada de carruagens no formato de abóboras! Era pilotando seu próprio carro que aquela garota se via desbravando o mundo inteiro. Seu jardim não era o bastante. Sonhava em atravessar todos os oceanos do planeta e conhecer as mais diferentes culturas. Tinha uma curiosidade peculiar sobre o estilo de vida de outros lugares. Talvez porque nunca tivesse saído de seu arraial, fantasiava que os seres humanos de outros territórios eram muito diferentes da terra em que vivia. "Mais simpáticos!"– supunha.

Sonhava com um mundo cheio de amor, onde pudesse abraçar todas as pessoas, sorrir e ver um sorriso lhe voltar com a mesma intensidade com que movimentava seus finos lábios. "Ah! Que delícia!" Sozinha em seus pensamentos podia sentir que fazia parte do mundo, e o mundo fazia parte dela também. "Quanta injustiça! – pensava.

Quase que de súbito voltara a si e olhava ao redor, perpassando as veredas que afundavam no horizonte. Mirou um pé de pequi com seus galhos tortuosos. O capim seco daquilo que chamavam de jardim lhe apontava para uma realidade árida e sem vida. Quem sabe a chuva não poderia trazer vida de volta à sua paisagem? Pergunta inútil! Todo ano era assim. Após a seca, brotava o verde e, após o verde, secava-se quase tudo. Quando fitava aqueles galhos tortos, se via dentro daquela árvore. Sua seiva percorria um corpo que se materializava numa angústia palpável, atravessando um tronco prestes a arrebentar com a pressão, muito maior do que imaginava suportar.

Cada centímetro que seu braço crescia era glorificado como uma vitória da mãe natureza. E lá estava ela, se contorcendo dentro da casca áspera e enrugada - via-se velha e infeliz. Percebia-se impotente frente a uma força que a aprisionava. E quando achava que ia se livrar, se via dentro de um emaranhado de galhos secos e truculentos que se confundiam com sua pele fina e delicada. Se tivesse conhecimento sobre o sertão, saberia que aquilo que se produz na natureza era uma demonstração de força. Suas raízes eram capazes de criar um firmamento com tanta robustez e profundidade, que ninguém no universo poderia lhe combater. Nem o fogo, com todo seu calor e destruição, poderia atingir o sangue que corria dentro dela. Era só esperar os tempos de trevas e logo retornaria à vitalidade de sua existência.

Pois não é assim? Não há atalhos para a vida. É necessário passar pela angústia, medo e tristeza. Coragem, Valentina. Pense que tudo isso que lhe põe à prova, também lhe dará a vida.

Um barulho na rua. Deve ser algum de seus familiares que está chegando. A primeira coisa que vem à cabeça da pobre garota é buscar um esconderijo. Onde ela deixaria aquele vestido esfarrapado? Melhor seria se fosse para um lugar onde ninguém a pudesse encontrar. Existiria algum esconderijo eterno? A morte. Com certeza, esta a ocultaria para sempre.

"Deixe de baboseiras", pensou alto, retornando a si. "Deve ser papai". Ou seria um de seus irmãos? Quem sabe Maria? Ah... Se fosse Maria. Ela sairia correndo para dar um abraço. Pena que vivia atribulada. Depois do segundo filho, a irmã mais velha mal tinha tempo para respirar. Era uma dessas pessoas que querem abraçar o mundo. Cuidava da casa e das crianças, era comprometida com seus "deveres" conjugais e ainda tocava um blog sobre o sertão. Quem se interessava pelo sertão? Valentina não questionava a irmã. Apesar de sempre ter achado essa ideia do blog esdrúxula, Maria era a única pessoa com quem podia contar. Pra ela revelava tudo! Não. Quase tudo. Ou quase nada? Amiúde, a garota dos olhos de jabuticaba questionava o que ela era. "Quem sou eu?" Pesava.

À medida que se revelava a si mesma, outra força a velava. Num vela e desvela ela tentava conduzir a sua vida, mas por vezes um vento pessimista a encontrava e lhe arremessava num lodo de melancolia que a paralisava. De novo agonizava. Por que a vida tinha que ser tão difícil? Ela sabia que haveria de chegar o dia de brilhar. "Uma diva!" Idealizava.

Era papai. Rápida como uma raposa, a garota se despiu daquele velho vestido com o qual costumava brincar. Permanecia só de shorts. Na sua cabeça imaginava que não haveria problema, afinal seus seios ainda não tinham crescido. Era reta como uma tábua. Agora permanecia inerte no jardim. Não sabia o que fazer. Era sempre assim quando alguém interrompia seus devaneios. Instintivamente, a garota se recompunha. Os poucos anos de vida lhe ensinaram muitas lições. Apesar de toda a angústia que pairava no seu ser, em algum lugar ela via um sentido para sua vida. Costumava se encher de esperança quando via o ipê amarelo florescer, depois de todas as suas folhas terem sucumbido à aridez do inverno. Era no auge da seca, nos mais penosos dias de sua existência, que aquela cor de ouro explodia na paisagem. E Valentina explodia junto de alegria, porque no fundo sabia que seu momento iria chegar.

Na escola era a mesma coisa todos os dias. Os meninos viviam a lhe atormentar. Na maioria das vezes ela personificava um pé de pequi na seca e tinha a segurança de que iria tudo suportar. Outras vezes ela esmaecia. Quebrantava-se à própria vontade de viver. Como da vez em que tocou seu amigo João. Um rapaz bonzinho, "boa praça", como costumavam dizer. Era o único rapaz da escola que lhe dirigia a palavra. Quando ele a cumprimentava, ela se sentia especial. Seu coração batia mais forte, e as palavras custavam a sair de sua boca. Voltava para casa e ficava imaginando que ele pilotava o conversível, e juntos saíam passeando pelo mundo afora. - Ah! Só podia ser amor! Sentia-se viva e pertencente àquele universo. Eram esses raros momentos que a permitiam ser feliz fora do mundo imaginário. Igual às novelas que assistia nos momentos em que podia ver televisão sozinha, e isso a deixava cheia de vida. Mas quisera ter voltado no tempo para desfazer o que não pode evitar. Foi no intervalo da aula de Educação

Física, quando os meninos costumavam urinar atrás das árvores. Lá estava ela no momento em que chegou o boa-praça João. Já tendo feito suas necessidades e amarrado o short, se deparou com o amigo de calça arriada. De supetão, tocou-lhe a genitália.

— Doente! – vociferou o garoto enquanto tentava se distanciar.

Valentina ficou sem respirar e não entendia o que tinha feito de errado, afinal seu amado tinha lhe procurado e consentido com aquilo. Em pouco tempo, viu-se motivo de zombaria por todos os corredores da escola. Nesse dia quase não voltou para casa. Subiu num pé de cagaita e ficou até tarde da noite. Comeu tantos frutos como pode e só saiu de lá porque teve que ser socorrida daquela desgraça intestinal.

Recomposta, a garota dos olhos de jabuticaba se preparava para receber o pai, que retornava de mais um dia de trabalho. Olhava para ele remoendo as lembranças de um passado doloroso. Quisera não ter tido pai. Preferia ter crescido com os lobos, como Amala e Kamala, que, abandonadas nas matas indianas, foram criadas junto aos animais. Só depois conheceram o ser humano, que vieram de mãos dadas com a ganância e a maldade. Enquanto o fitava, pensava em como deveria se comportar, a fim de evitar uns bofetões. Coçaria o saco? Pensou. Mas nem encará-la seu pai conseguia. "Já para o quarto, Roberto" – foram as únicas palavras que ouvira dele naquela tarde.

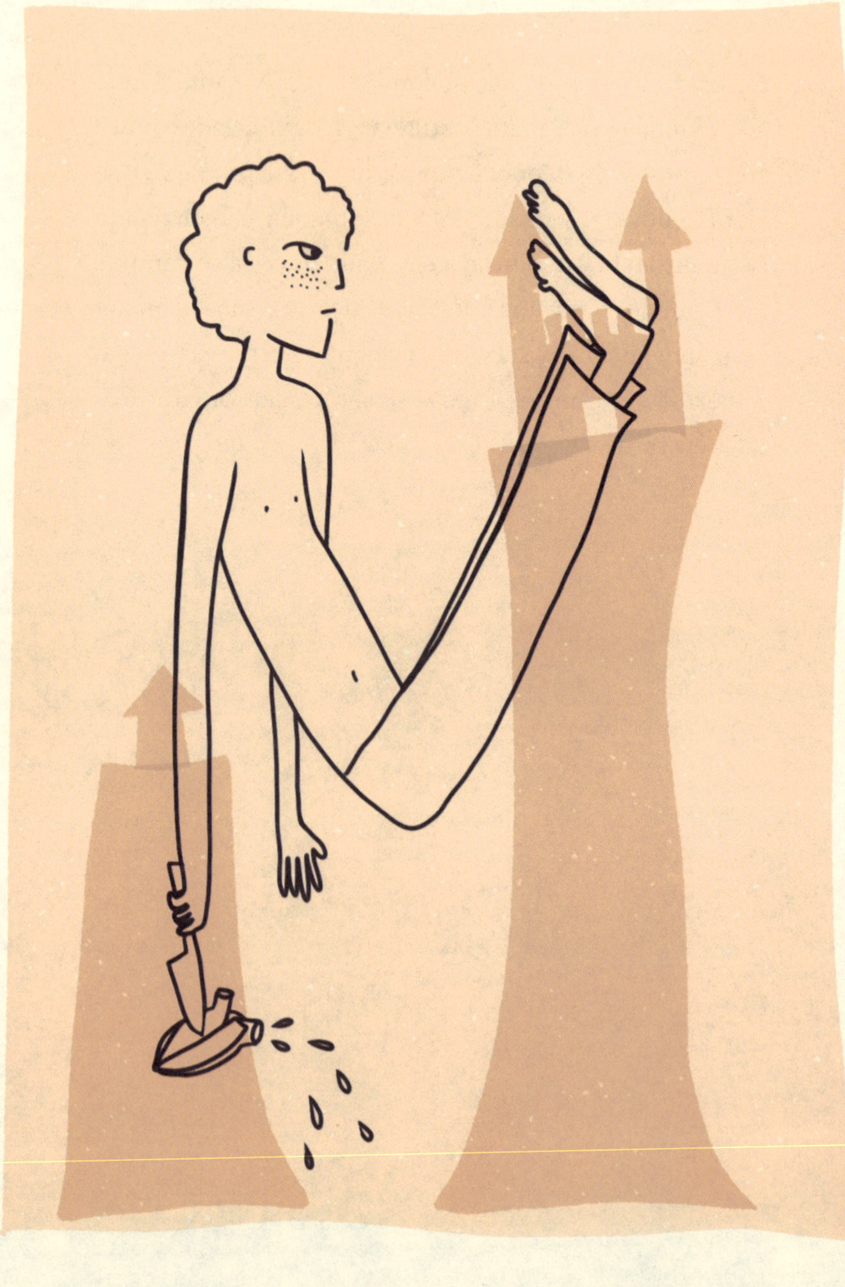

VÍTOR, O TRANSGRESSOR

"A grande determinação do crime é a própria concepção de responsabilidade que o sujeito recebe da cultura em que vive."

Lacan

"É por mãos invisíveis que somos atormentados e dobrados da pior maneira."

Nietzsche

"Sob o nome de crime e delitos (...), julgam-se também as paixões, os instintos, as anomalias, as enfermidades, as inadaptações, os efeitos de meio ambiente ou de hereditariedade."

Foucault

Com a mão trêmula que já apresentava as rugas da meia idade, Vítor retirou, de uma só vez, o punhal ensanguentado daquele corpo que um dia amara. No seu íntimo, gozava de uma felicidade que lhe parecia estranha e se contrapunha à violência com que acabara de ferir. Logo em seguida, foi tomado por um estado de letargia, mal conseguia perceber a zaragata dos familiares, que, correndo de um lado para o outro, não sabiam se acudiam a vítima, se perseguiam o homem ou fugiam dele, paralisado, armado, ensanguentado. Já era tarde. A velha, vestida com seus trapos baratos, já experenciava o sabor da eternidade, como acreditara em vida. Num súbito, viveu um momento impreciso, de memórias afetivas vívidas e fragmentadas, revisitou seu passado entremeado por estilhaços de instantes fugazes.

Tivera uma infância sofrida. Sua mãe, Antônia Carmelinda, viveu como podia, como dava conta e não como queria. Afinal, custava a encher de comida os pratos, e quando via brechas trocava por birita, para que pudesse esquecer, pelo menos por alguns minutos, dos infortúnios do marido Claudemir. Chamava-o de esposo, mas eram amasiados – não consumaram em cartório, nem na igreja, apenas nas vias de fato. Referiam-se um ao outro dessa forma, porque o consentimento ao longo dos anos impedia-os de buscar explicações, o que não lhes causava incômodo algum, já que na periferia não havia bufunfa para gastar com regalias. Claudemir trabalhava para beber; depois não trabalhava porque tinha bebido demais. E assim, de emprego em emprego, permanecia com o desemprego. Alcoolizado, batia em Antônia Carmelinda; ela, querendo cessar a fome do esfrangalho, cedia a um sexo desumano, apenas almejando um tempo sozinha para ver suas novelas.

Desafiador desde pequeno, Vítor apresentava as piores notas da escola pública em que sua mãe obrigava-o a frequentar, não para aprender, mas para ter o que comer. Alguns professores se compadeciam ao ver aquele menino manco e de sardas salientes cortar os portões de entrada. Não passava despercebido, embora preferisse ser invisível. Certo dia, a professora de matemática – senhora simpática e experiente – lhe mandou para a diretoria. Foi o início de um bate-boca que terminou com os dentes do menino cravejados na pele cinza e desgastada da senhora, que, aturdida pela agressão, parou de dar aulas. Vítor trazia de casa uma inquietação visível, marcada pela respiração ofegante e desritmada. Para um dos professores, era culpa dos pais omissos. Para a diretora, um caso perdido. Para o psicólogo que o visitava, um caso de Transtorno de Conduta. A única pessoa que o olhava com empatia e certa paz no coração era Maria, sua professora de Ciências. Quando conversava com ela, tinha a perturbadora impressão de existir. Fonte de paz e aconchego, em sua presença Vítor fazia parte do mundo, que o ignorava e pisava. Algumas vezes tinha a sensação de que vivia o sonho de ser um garoto comum. Maria lhe transmitia esse sentimento inominável de pertencer. Nas suas aulas, não chegava a tirar boas notas, mas também não vacilava. Sua tristeza era saber que só podia estar com ela em um dia da semana. Maria tinha a certeza de que poderia fazer algo pelo garoto – "botá-lo nos trilhos", pensava – porque conhecia de perto a situação de marginalização do menino. Num dia que Victor a insultou em sala, ela o compreendeu, foi hábil ao lhe dar alguns minutos de passeio, que o acalmaram e acolheram, mas pouco pôde fazer antes de ser transferida de escola. A sorte do garoto não o ajudava e logo ele retornava à sua moradia, vivenciando de perto as rusgas que o esperavam.

Numa das brigas conjugais que presenciara, seu pai arremessou um rádio de pilhas, com o objetivo de acertar a esposa, que o incomodava por estar presente. Seu estado de embriaguez enturvou-lhe a mira, e o objeto acertou a cabeça de Vítor, antes que ele conseguisse escapar, na tentativa de ausentar-se dos delírios paternos. Tropeçando no calçamento, percebeu uma dor que afetava mais a vontade de viver do que o corpo; magricelo e sem vida. Seguiu seu caminho pelo bairro, cujas ruas lhe inundavam de desesperança e revolta. Algumas pessoas que cruzavam o seu trajeto já eram familiares, pela cor e pelo ranço de gente infeliz. Por vezes, ao cruzar a parte rica da cidade, fitava o entra e sai dos portões de uma escola privada: cachorros no colo; carros bem lavados e ocupados por poucas pessoas; moças penteadas e maquiadas despediam-se dos filhos, "mimados e metidos" – pensava Vítor. Ainda ferido e desiludido, percebeu sua respiração ofegante e o tum-tum-tum das batidas pedindo por determinação. Encolerizado, apedrejou um dos carros que estacionava na sua frente e se pôs a correr com sua perna manca, mas foi detido por um guarda gordo e sem sorriso que cuidava do território.

Foi levado à força para a delegacia, onde foi algemado e arrastado por quatro homens armados de pistolas e fuzis, cujos óculos escuros e boinas militares escondiam seres humanos, e percebeu então que aquilo fazia parte do seu mundo. Um torvelinho de medo e prazer lhe saia pelo suor, levando-o a apreciar os demônios arraigados em seu ser. Da sala de espera, já abalado por joelhadas e bofetões, escutou que era um transgressor. Mesmo sem saber o que a palavra representava, deduziu se tratar do seu destino.

Voltou para casa com ânimos distintos. Assumiu, com o amadurecimento que trazem as detenções, o lugar-comum que há muito já havia definido para ele. Aquilo o determinava, e acreditava que podia viver assim. Continuava seguindo por uma estrada obscura e tortuosa, incapaz de entender o exato momento em que sua vida tornou-se uma tragédia. Desafiar as autoridades, discutir com os adultos e recusar a escola faziam parte do seu cotidiano. Agora era um transgressor; deixara de ser pivete.

Apesar de gozar da sua vida, não se via como uma pessoa ruim. Um sentimento de inquietação e revolta visitava seus pensamentos, encorajando-o. Sem perguntar por que fazia o que fazia, apenas seguia na solidão os seus instintos animais, e nunca levava para casa algo que pudesse ser motivo de orgulho para a família. Fora sua aparência desagradável, possuía um charme que utilizava nos seus dias para fazer suas vontades. Idas e vindas às instituições públicas tornaram-se tão frequentes, que não lhe faltavam diagnósticos: de psicopata e maníaco, a transtorno de personalidade antissocial – este último proferido como uma evolução do transtorno de conduta. Mas para Vítor, eram apenas palavras ignoráveis.

A notícia do assassinato de Antônia Carmelinda pelo filho foi divulgada em uma nota do jornal local, fato que comoveu toda vizinhança, porque conheciam Vítor e esses assuntos eram prazerosos de se comentar. Mais tarde, na fila da sua minguada aposentadoria, Maria (a professora benevolente) ficou devastada ao ler a notícia "Doente mental assassina mãe a facadas". Uma lágrima de impotência escorreu em seu rosto, porque era inevitável impedir a memória de lembrar-se daquele menino pelo qual se afeiçoara nos tempos de escola. Como seria sua vida em outro lar? O menino tornar-se-ia um comerciante, talvez um professor! Chegaria à sua casa e daria um beijo em cada filho antes de um sono tranquilo. Apesar de todos os erros, Maria não o via como doente, porque a experiência no colégio e a vida na periferia eram para ela fonte de sabedoria, e, assim, lamentava não ter atingido a infância de Vítor, vítima da própria vida e rotulado como transgressor nas páginas de sua história.

A RAPOSA E O BURRO

"Não há saber mais ou saber menos:
há saberes diferentes."

Paulo Freire

Era uma vez uma raposa e um burro que viviam na Floresta dos Animais. As divisões sociais da selva eram bem claras: as raposas-do-campo encarregavam-se de todas as atividades intelectuais, e os burros ocupavam-se do trabalho braçal, num automatismo que lhes dava um certo agrado em permanecer. Os demais bichos se dividiam de maneira mais ou menos organizada. Seriemas, com cantos marcantes capazes de percorrer um quilômetro, eram vigias. As aves de rapina eram ótimas na medicina, pelo olhar apurado e penetrante com que enxergavam o mundo. Onças-pardas, por sua força, eram responsáveis pela defesa em terra, e para isso estudavam estratégias de guerra e sabiam como ninguém projetar seus instrumentos. Tatus eram mestres na descoberta de metais preciosos, e havia as vacas, com a triste tarefa de servir de alimento para os outros animais. Como toda comunidade carece de arruaça, os tucanos ficavam felizes de assim pertencer, em seus bandos, pululando agitados de galho em galho, onde destroçam tudo o que consideram alimento. A pequena Jude, raposinha cujos dentes tortos lhe davam um ar penoso mas simpático, acabara de vir ao mundo e ainda não conhecia as perversidades das outras raposas.

Desde cedo os burros eram inseridos em atividades práticas. Aos olhos da nata selvagem, tais tarefas não faziam parte de um processo elaborado de aprendizagem, num desmerecimento que passava despercebido de tão natural, bastava apenas obedecer a uma das raposas que viviam a mandar e desmandar. "Faça isso", "faça aquilo", "não pense, trabalhe". O burro obedecia, mais pela falta de malícia do que aceitação. A força de suas pernas era tão impressionante, que as espertas raposas sabiam muito bem como explorar sua utilidade, apesar de nunca haver considerações explícitas de agradecimentos. Eram como clãs à parte, pertencentes a classes intransponíveis. Burros não podiam participar da vida social das raposas, a não ser como serviçais, e as raposas também não participavam da vida dos burros. Não porque não deixavam, mas pelo asco presumido do território visto como inferior. Apesar da tropa de burros ocuparem a base da sociedade, tal fato não lhes preocupava. Protegidos pela própria ignorância (o que lhes conferia um ar de felicidade inata), viviam como os mais festeiros da floresta e, bastava acabar o horário de serviço, já se reuniam para deitar e rolar na lama, feito porcos.

Jude era uma raposinha muito jovem, que desde parida se apresentava um pouco diferente. Era desengonçada e se comportava de uma maneira singular, por vezes medonha. Não obedecia à ordem alguma, como uma tonta e ainda "olha para mim como uma goiaba", rebelava-se Lica, líder da raposada. Quisera ela ter poderes sobrenaturais, faria sumir a coitadinha num estalar de patas. As outras raposas, capciosas como eram, mal notaram a pequena e já proferiam maldizeres, por acreditarem que um bicho daqueles poderia colocar em risco toda reputação, conquistada sem um pingo de suor, porque a vantagem da raça lhes colocava nesse pedestal. Afinal, eram as intelectuais e proprietárias de universidades e laboratórios científicos, sendo inadmissível que a bestinha expusesse-as à difamação. Viviam uma realidade distante dos outros animais, mas entendiam que manter a desigualdade era um meio de se protegerem, principalmente dos lobos-guarás e dos gatos-mouriscos, que tinham a astúcia como qualidade. Lica já espionava a pequena desde os primórdios e estava prestes a tomar uma decisão que mudaria sua vida para sempre.

Jude era muito observadora e admirava a maneira como os burros se relacionavam. Tinha um apreço especial por Tripalo, o maior ancião da burricada. Certa vez, escondida nas folhagens, presenciou um momento que julgou ser uma espécie de ritual, em que os burros encontravam-se um a um com o velho animal, depois se retiravam, meditando solitários, o que lhe parecia um momento de introspecção. A raposinha , animada com a situação, mal sabia que Tripalo era o oráculo dos burros! Um ser dotado de tanta sabedoria, que era capaz de fazer seus irmãos refletirem sobre os diversos acontecimentos da vida, apaziguando-lhes o coração, numa injeção de forças que os tornavam determinados a cumprir sua jornada, como se fosse um destino. O que os outros animais pensavam não eram de sua conta. Uma filosofia de vida que os completava e amaldiçoava.

O ritual funciona mais ou menos assim: cada animal disposto a consultar o oráculo tinha que seguir três preceitos fundamentais, que são imperativos da prudência[1] (assim como faziam os gregos, na época de Sócrates). O primeiro preceito diz NADA EM DEMASIA – o que significa que não deveriam fazer muitas perguntas e tinham que selecionar com antecedência as que seriam mais úteis e importantes. O segundo preceito é chamado de CAUÇÕES, sendo importante para que não fizessem promessas que não poderiam honrar. Já o terceiro preceito, CONHECE-TE A TI MESMO, tem a função meditativa, a fim de que as perguntas sejam precedidas de uma análise prévia. Por meio desse oráculo a raposinha descobrirá o sentido da vida, mas antes havia um tortuoso caminho a percorrer.

Acostumada a se concentrar em tudo que passava diante dos seus olhos, Jude, num deslize, não percebeu o momento em que Lica, sua líder, a seguia. "Como pode essa raposa estar tão perto dos burros?", rosnou em silencio. Foi o gatilho para convocação de uma reunião em que decidiriam o futuro de Jude. Preocupadas com sua aprendizagem, as raposas decidiram submetê-la a uma bateria de teste, para saber se a pequena estava apta a viver com os animais superiores, dotados dos maiores índices de inteligência da floresta. Como esperado, todos os exames foram muito perturbadores, tanto pelo conteúdo, como pela pressão a que submeteram Jude, que, rotulada como inapta a aprender, não encontrava mais lugar na comunidade. Foi destinada à Caverna dos Incapazes, onde viviam todos os animais rejeitados, mas, num súbito, saiu em disparada. Muito jovem para nomear seus sentimentos, apenas tinha convicção de que foi injustiçada e precisava assumir a sua sorte, restando-lhe apenas a debandada. Incapaz de escutar os insultos, apenas viu o tumulto e percebeu uma espécie de ruído opaco, cada vez mais distante, e pela primeira vez gabou-se pelo fato de não escutar.

Nos rumos da fuga, sabia para onde ir, mas faltou-lhe coragem para ir ao encontro da tropa dos burros, onde imperava a alegria. No caminho, enquanto descansava no alto de uma árvore, topou com uma ave de rapina, o Gavião-Belo, já aposentado dos serviços médicos, mas ainda com aparência benevolente e inchada. Com um olhar penetrante que perpassava a pelagem marrom da pequena, percebeu que havia algo de diferente, enquanto Jude permanecia aflita e tremia. A ave continuou o exame, tão minucioso que Jude teve medo de ter a alma descoberta, até que finalizou, conclusiva:

- Otite cerosa!

Continuando sem entender o que se passava, Jude apenas observou, como se um ponto de interrogação brotasse da sua testa. Então o gavião continuou:

- Otite cerosa é uma doença. Dá a sensação de ouvido tapado e é a causa mais frequente de surdez infantil, felizmente é tratável! - disse inutilmente.

Percebendo que estava sendo tratada com carinho e atenção, permitiu ficar aos cuidados de Gavião-belo. Algumas noites, acordava apavorada com pesadelos de seu passado, lembrando-se da infância sofrida de uma comunidade que a excluía e limitava. Com o tempo e o tratamento, passou a escutar e aprendeu a falar! Agora, uma sede de se aventurar e viver tomava conta da sua natureza e queria, de alguma forma, irradiar. Para continuar sua caminhada, rumo à sociedade dos burros, precisava vencer seus demônios e quebrar a ordem das coisas, mas já se via tão cheia de si, que se considerava destemida. Os burros, descortinando sua presença, quiseram servir-lhe, mas diante dela se desfizeram e ficaram surpreendidos quando a raposa disse a que veio. Desejava consultar o oráculo.

Tripalo, vendo-a determinada, lhe ensinou a moderação dos três preceitos: nada em demasia, as cauções e conhece-te a ti mesmo. A raposinha achava-se iluminada e vivia a plenitude de existir e, compreendendo os preceitos, revelou três perguntas, numa determinação que cumpria-lhe a importância:

– O que é aprender? Por que as raposas são mais inteligentes? Por que fui banida da raposada?

O oráculo, diante da firmeza que tornava a raposa cada vez maior, suspirou e disse com olhar descansado:

– Aprendizado tem a ver com a capacidade de adquirir coisas novas. Não importa se você aprende as mais complexas ciências ou um serviço manual, cada saber e aptidão são diferentes. Neste instante estou aprendendo muito sobre você e acredito que você possa dizer o mesmo. Se prestar atenção e observar à sua volta, perceberá que a vida é um eterno aprendizado, mas, se não nos dermos conta disso, a vida parece mecânica e sem tempero.

– Mas as raposas...

– Minha querida – disse Tripalo, risonho – você acha mesmo que elas são mais inteligentes? Sobre sua segunda pergunta, parece-me estranha, mas acredito que você mesma possa encontrar a resposta. O que é inteligência para você? Pense no quão injusto pode ser hierarquizar as diferenças! Além do mais, isso torna as coisas muito confusas e comparáveis. Percebe como os burros são animais felizes?

– Percebo sim! Agora mesmo eles estão em festa!

– Essa festa acontece todos os dias – disse o oráculo, contemplando. Temos um trabalho árduo, sim. Mas você já viu a força dessas pernas? Que injustiça para o mundo se não as usássemos para fazer o bem. Talvez o problema não seja quem é mais inteligente, mas como você percebe as inteligências! Somos múltiplos e juntos fazemos parte de uma mesma sociedade.

– Mas por que então fui banida? – entristeceu-se Jude.

– Sobre seu banimento, veja bem: a exclusão não é benéfica para nós, como coletividade. Me parece um tanto radical. Talvez as raposas estejam tão compenetradas na produtividade, que a vaidade roubou-lhes a compaixão. De certa forma estão cegas e consumidas pelos próprios afazeres. As difíceis tarefas do dia a dia as tem levado a uma busca pela perfeição, o que pode distanciar-lhes da simplicidade que é poder olhar para os outros com enternecimento. Julgaram-lhe pela perfeição que você não apresentava. E olhe só! A dificuldade que você enfrentou, tentando aprender conforme as outras, é fruto de uma padronização a que somos impostos. Mas a caminhada é sua, minha querida. Desterrar você do grupo foi uma falha muito grave, e espero que um dia elas tenham compreensão de tudo isso. Poderiam resolver a situação tendo maior atenção às suas dificuldades!

Enquanto escutava o sábio guru, seus olhos brilhavam. Pôde enxergar o mundo de uma forma nunca antes imaginada. Percebia que estava imortalizando-se numa vida de eterno aprendizado, o que a deixava muito feliz. As outras raposas haviam-lhe podado os sonhos, e precisou que outras espécies a compreendessem, como uma sinergia de totalidades que alterou o curso de sua história e abriu infinitos horizontes para seu saber.

MARIONETE

“Só a cabeça de um morto diz que sim
a todos os movimentos que lhe imprimem.”
Teixeira de Pascoaes

“...quando me aceito como sou, estou me modificando...”
Carl Rogers

Como fazia toda semana, João voltou da missa um tanto calmo e introspectivo. Seu jeito calado de ser era uma maneira de se proteger das aberturas que tanto temia. Aos olhos dos mais íntimos, um garoto iluminado, cuja adolescência despontava com serenidade e paz. Cooperativo com os pais e os afazeres domésticos, passava boa impressão a quem quer que fosse, justamente nessa fase em que seus colegas já causavam transtornos próprios para a idade. Sexo, drogas, celular, internet, agressividade, passividade, egoísmo, apatia, gangues; apenas algumas das matérias de que permeiam e assombram seus pais.

"Menino de ouro", proferiam com orgulho quando perguntados a respeito de seu único filho, dando a impressão de que os pais eram dignos de sorte. Era-se de esperar: um menino muito obediente e sinceramente carinhoso, que na escola tirava boas notas e vez em quando se envolvia em confusões. Numa tentativa de se enturmar, liderou o sumiço do diário de classe, que a professora preenchia a tantas penas. O fato provocou um orgulho despretensioso entre os amigos, o que deixou João feliz, por se sentir parte. Mas de súbito uma tristeza o visitou, intrigando-o com a força que sentimentos opostos e contraditórios lutavam em sua mente, entoando uma sinfonia malsonante, desajustada, como algo que não lhe é próprio. Em particular, cortou-lhe o coração presenciar o desalento da professora, que perdeu as anotações, as notas, as faltas e mais alguma coisa que só a diretora pode retirar. Por mais que quisesse se desculpar, outra força o impelia a regozijar seu heróico ato de vandalismo. Numa oscilação de pensamentos paradoxais, procurava equilibrar-se em seu próprio eixo, como se estivesse à beira de um abismo.

Foi educado dentro de rigorosos preceitos religiosos, em que a obediência era a maior virtude e, como tal, deveria ser alimentada e posta em prática diariamente. Assim concebeu e se acostumou, de tal forma que cristalizava raízes em sua existência, definindo o arcabouço das relações com o outro e consigo mesmo. Tamanha seriedade pelo obedecer velou uma habilidade inata de questionar, a tal ponto de provocar certo rebuliço na energia filosófica que é própria do ser humano. Tamanha complacência e falta de curiosidade para com o mundo acabava por tornar seus dias prontos, como um bolo de padaria, sempre terminado, sem mais nada a acrescentar.

Conforme os dias de mocidade iam avançando, João descobria mais sobre si. Era no reflexo do outro que se via diferente. Uma diferença que, para ele, era inaceitável, a tal ponto de preferir morrer a se desvelar para um mundo visto como injusto e hostil. Abafava o desejo como quem joga água numa fogueira e não fica vigilante para o ressurgimento das fagulhas. É a sujeira jogada para debaixo do tapete, é o sol tapado com a peneira, é o percurso tratado como coadjuvante. À medida que percorria a estrada da vida, parecia perder forças, permitindo que a pressão em seu interior ganhasse espaço, invadindo-lhe a alma e o coração. Com a ilusória disciplina de sufocar seus mais íntimos desejos, reclinava-se a rezar para não ceder.

Tinha uma inclinação para seguir regras, mas que não lhe serviam mais, porque não existe um manual da vida, com explicações minuciosas para agir na realidade. Na multiplicidade do seu ser, só queria ser normal. "Um garoto comum", desejava. João não sabia, mas seus pais já haviam percebido que ele era diferente, que tinha um jeito delicado demais, gentil demais, carinhoso demais. Cogitavam que o garoto tinha um dom muito especial e cultivavam o sonho de que o filho recebesse um chamado da igreja, a fim de que se tornasse sacerdote. Imagina só, João, um padre! Tudo não passava de aspirações que nunca foram ditas, mas eram sentidas. Padres lhe davam arrepios desde que era criança, ocasião em que pesadelos diários o visitavam, havendo uma passagem, em especial, que se repetia. Sonhava que três padres do tamanho de arranha-céus caminhavam em sua direção, a passos largos e muito lentos. Na face dos sacerdotes, percebia um olhar sério, por vezes sombrio, como se estivessem reprovando. E então, tomado de pavor, tentava correr, mas as pernas não respondiam, e acordava num súbito, assustado, com a sensação de que era uma miniatura dentro de um quarto gigante.

Sua juventude fora marcada por diversas crises, como se uma angústia existencial fosse parte indissociável de si.

Ao contrário dos colegas, que viviam os momentos com grande euforia e intensidade, João se esforçava para ser invisível, tentando engolir os sentimentos, até que fossem jogados nas profundezas do inconsciente. Preferia viver numa concha a se autoafirmar, até que repetidas repressões culminaram por uma queimação no estômago, que se prolongava de modo tão insuportável como a própria realidade. Em alguns momentos, esboçava questionamentos sobre o que é certo e errado, mas, afinal, cedia a uma obediência mecânica, em que nem pai nem mãe, nem ninguém precisava mais lhe dar ordens, porque era um boneco inanimado fadado a um destino medíocre.

Certo momento da sua vida, começou a namorar com Alice, que era ao mesmo tempo companhia e escudo para as tentações do seu desejo carnal. Casar virgem não só era incentivado, como um querer compartilhado pela doce companheira, que frequentava a mesma igreja que sua família. Apesar de estar vivendo de acordo com o preconizado pelas escrituras, percebia a desconfiança dos outros, como se precisasse provar sua masculinidade, com a ruptura da virgindade que o levaria, afinal, para a vida adulta. Apesar da pressão, seu desafio maior era lidar consigo ao deitar a cabeça no escuro do seu quarto, quando, enfim, estava sozinho para refletir. Era quando o mundo externo esmaecia em silêncio que sua alma gemia.

Sentia-se, acima de tudo, culpado. O Deus onisciente que aprendera a seguir durante todos esses anos estava presente nos seus mais profundos pensamentos. Julgado e culpado, não encontrava alicerces para prosseguir, e assistia, absorto, a vida lhe escorrer. Seria ele uma marionete controlada por cordas alheias à sua presença? Que poderes teria para decidir sobre o próprio caminho? Pensar sobre tudo isso era demais para João, que, ingenuamente, acabou por construir barreiras intransponíveis que abafavam sua alma, cada vez mais fria e escura, cujos sentimentos estavam enclausurados nas profundezas do seu ser. Como cracas com esqueleto calcificado, assim revestia sua pele, uma camada após a outra, até que fosse impossível encontrar a si mesmo.

Certa vez, andando pelo centro da cidade, viu dois rapazes transbordando alegria, andando de mãos dadas, como se estivessem livres. Compartilhavam de uma felicidade tão intensa, e ao mesmo tempo plena, que João não pôde suportar. Primeiro sentiu um vento gelado embrulhar-lhe o estômago e em seguida pôs-se a vomitar. Quando voltou para casa, se afundou no travesseiro e chorou, num lamento ininterrupto, que perdurou uma noite inteira.

Pela manhã, quando as lágrimas já haviam esgotado de seus olhos, levantou-se decidido e contou para sua mãe o que se passava. Sem saber o que fazer, Dona Rosa segurou sua mão e começou a orar, dizendo que encontraria uma cura para acabar com seu sofrimento. João não se sentia doente, mas imundo pelo pecado que ainda não cometera. Vendo a mãe inconsolável, tentou demonstrar uma força que não possuía, instaurando uma angústia coletiva.

Passaram-se alguns dias, os dois evitando um ao outro, até que a campainha de casa tocou:

– Olá, Padre! Que bom que o senhor veio até aqui – alegrou-se Dona Rosa, um pouco aflita.

Seguiu-se um estranho diálogo, que João fez questão de escutar, mas teve a vista embaçada quando compreendeu que iriam interná-lo numa comunidade terapêutica de tratamento da sexualidade.

– Os jovens ficam confusos com os estímulos de hoje, e o melhor a fazer é deixá-lo um tempo nessa casa, para que, por meio da palavra de Deus, ele possa expulsar de si os demônios – finalizou o Padre, com convicção.

Atônito pela escuta, João teve dificuldade para inalar o ar, entrando em desespero. Era o fim da linha. Numa explosão atípica, invadiu a sala e gritou num tom absurdamente alto e hostil:

– SE QUISEREM ME LEVAR PARA ESSE LUGAR, TERÃO QUE SE CONTENTAR COM O MEU CADÁVER!

E partiu em disparada. Correu como nunca havia corrido, atravessou o matagal e subiu um morro onde podia ver toda a cidade: alcançara o topo de um penhasco, onde parou. Seu suor descia como uma enxurrada. João via ali o fim da linha. O suor agora era frio, e os sentidos eram-lhe estranhos e determinados. Passou por ele uma vida de angústias e sofrimentos, em que estava determinado a colocar um ponto final. Lembrou dos familiares, da namorada e dos amigos, entristeceu-se e deu um passo para trás. Colocou as duas mãos no rosto e lembrou também do destino que o esperava, a tal da "cura". Quando imaginou sua vida no internato, deu um passo para frente e por pouco não escorregou. Uma pedra rolou, e ele pôde escutar, depois de exatos 8 segundos, ela explodir no chão. Numa tentativa de colocar ordem ao caos, pensava nas pessoas, que ao mesmo tempo em que diziam querer seu bem, esgotavam-lhe as possibilidades de vida, o que causava uma ira nunca antes sentida. Tinha raiva do mundo e de todos. Sufocado pelos pensamentos, olhou dentro de si, numa retrospectiva que atravessava todas aquelas camadas que a vida lhe impusera, e tentou encontrar algo em que pudesse se apoiar. Entrou mais fundo. Tentava alcançar a sua essência, travando uma briga, que ora lhe jogava ao chão, ora dava esperança, até que pôde enxergar uma pérola. Um último suspiro de luz que o ligava a uma alma pura. Não! Não podia desistir de viver. Sequer tinha vivido, não conhecia o amor, sofrera tantas podas, que era como se seu corpo tivesse sido mutilado. De súbito, um grito rasgou-lhe os pulmões. Gritou tão alto, que as trevas se dissiparam, abrindo passagem para um raio de sol, que acariciou seu rosto, transmitindo uma espécie de paz.

Lentamente, foi voltando a si e deu dois passos para trás. Percebeu que a vida era muito curta para ser apenas um espectador e sabia em seu íntimo que podia ser alguém para se orgulhar. Tinha que brilhar e ser o autor de sua própria existência. Nesse turbilhão de sentimentos tentou se recompor e apreciou o exato momento em que uma energia vital, nova, resplandecia diante dele. E foi com essa energia que João voltou para casa, desafiou os pais e a sociedade, para assim trilhar os rumos de sua vida, sua própria vida.

O ÚTERO

"Inútil querer me desclassificar, eu simplesmente escapulo não deixando. Gênero não me pega mais."

Clarice Lispector

— **Histérica,** louca, perturbada! Vociferou o diretor enquanto procurava mais ar para inflar sua agressividade. Dentro do escritório, cujas mesas de madeira maciça e cadeiras de couro impunham uma atmosfera viril, uma mulher beirando os 35 anos escutava atônita, trêmula. Talvez nem escutasse mais, porque Lucas tinha o poder de lhe deixar estática. Sempre foi assim, desde que concorreram à mesma vaga anos atrás. Um calor desconhecido vagueava inquieto pelo corpo e se acumulava na face na medida em que ela tentava, em vão, mover-se. Os músculos tiritando tentavam expulsar o coração boca afora, impedindo-a de ser ouvida, pois suas próprias palavras lhe sufocavam. Forte mulher! Tão reprimida em seus atos, e ainda assim lutara com ênfase por seus ideais, enfrentando dia a dia um arbítrio invisível que a perseguia, e permanecia, como uma névoa que não finda. Fraco corpo! Não conseguia mais resistir ao algoz que um dia chamara de patrão.

Os corredores da empresa eram habitados por fofocas dos mais variados tipos, não isentando Frederica dos capciosos empregados que caminhavam pelo prédio procurando encontrar alguém a quem pudessem depositar as infelicidades da vida e seus problemas cotidianos, para que, de alguma maneira, conseguissem permanecer na crista. Estas eram ao mesmo tempo poder e sombra. A passos firmes, procurava caminhar pela instituição que um dia firmara um casamento, desviando das barganhadas e provocações. Seu trabalho era compromisso, refúgio e sofrimento. Alguns diziam que era mal amada.

— Isso é falta de homem - riam os homens e algumas mulheres.

A questão é que Frederica percebia os fantasmas, mas os julgava infantis. Entre procurar não ser atingida e demarcar seu espaço de atuação, criava um *modus operandi* que muitos julgavam como insensível.

Tinha um cargo de liderança numa multinacional, produtora e exportadora de papel e celulose. Entre seus subordinados, estavam Rômulo, João Paulo e Alberto. Divertidos, costumavam promover festas, onde bebiam e delimitavam o espaço masculino, cujas piadas e jeito de ser deixavam muito claro que gozavam de uma certa superioridade: um privilégio conquistado, não pelo caráter, mas pelo gênero.

— Se somar os três, não dá um – dizia Patrícia, colega de trabalho, que apesar de tudo tinha uma queda por um deles, e não via o momento de ser levada para a cama com qualquer um dos três.

Lucas, o algoz e diretor do departamento, já tinha visto tantas mulheres perderem o controle, que costumava chamá-las de loucas de salto, bruxas de terno, entre outros. Sua avó, que sequer chegou a conhecer, fora internada diversas vezes em hospícios e era conhecida como Maria Loca pela comunidade, apelido típico de cidade pequena, em que a vida pessoal deve ser bisbilhotada. Para evitar explicações, preferia dizer que não chegou a conhecer a velha porque ainda não tinha superado a vergonha.

Frederica nem sempre foi assim, insensível, como a rotulavam. Criança inteligente e feliz, encontrava na liderança uma maneira de perseguir seus sonhos. Muito compreensiva com os colegas, foi querida por muitos, até o momento em que começou a incomodar. À medida que crescia e conquistava seu espaço, as dificuldades de ser mulher tornaram-se notórias. Chegou a raspar o cabelo e banir o salto, forçando um jeito moleque que não lhe parecia natural. Foi na faculdade que primeiros sinais a alertaram que o caminho do sucesso seria árduo. Passou a rebater energicamente os desaforos e ficou conhecida como "dama de ferro", uma alusão ao filme estrelado por Meryl Streep, na época em cartaz.

Ao mesmo tempo em que seu posicionamento a permitia seguir sua trajetória profissional, também a distanciava de concretizar seus sonhos de cultivar um lar. Por mais que tivesse o desejo de ter filhos, a gravidez seria visto como uma fraqueza que destacaria sua condição de mulher. Então ano após ano, foi adiando, até que seus hormônios desistiram. Por outro lado, ficou mais perto das mesas de negociação, em que podia impor seus propósitos com firmeza de uma águia que avista a presa. No meio de todas as questões contraditórias da sua condição humana e de mulher, sua mente não descansava, sugando, pouco a pouco, sua energia vital.

Foi com a promoção de Lucas como seu chefe que a situação piorou. Tinha uma convicção, obsessiva e não longe do real, de que estava sendo reduzida a um status de mulher, mesmo com toda sua titulação acadêmica. O fato de perceber que perdia voz dentro dessas relações vividas dava-lhe nos nervos, literalmente pois como não era escutada, seu corpo começou a gritar. Das vezes em que Frederica conseguia se impor, Lucas reformulava as frases, tirando-lhe a autoria. Seus ombros, já curvados, montavam rígidos sobre sua coluna, como se tivessem carregando um saco de fertilizante. Então sua maneira naturalmente enérgica de se posicionar passou a ter um componente tenso, irritadiço. Sua fala aumentava de tom, ao mesmo tempo em que se tornava mais aguda, o que era percebido como um grito pelos colegas. Gritos de uma pessoa sufocada, que se via encurralada dentro da sua ética profissional, subjugada, reduzida a apenas um caráter que compõe a multiplicidade do ser humano.

Lutou enquanto resistiu. Aliás, resistência era um lema. Lutou mais do que seu corpo pôde aguentar e agora encontrava-se no chão, quase imóvel, senão pelos tremores de um corpo que não respondia mais ao seu comando.

NUBLADO

"O desaparecimento pode ser um desgaste das significações que conservam o indivíduo no mundo, uma breve experiência de despersonalização."

David Le Breton

"Manter seu lugar no seio do vínculo social implica uma tensão, um esforço."

David Le Breton

"O branco atinge um homem ou uma mulher comum que esgota seus meios de continuar assumindo seu personagem."

David Le Breton

"A esperança é a última que morre."

Ditado popular

Era um dia chuvoso quando Pedro acordou na mesmice. Levantou da cama com descaso, porque pouco importava. Arrastou o chinelo até o piso frio do banheiro onde aqueceu o corpo com uma água que escorria irritada. Era possível tocar seu cansaço em um ou outro movimento desconcertado. Sua exaustão se fez visível ao espelho, denunciando um olhar parado, com ombros arqueados que lhe davam a aparência de quem sofrera uma goleada. Sua permanência em vida era ao mesmo tempo corajosa e, também, uma imposição à desistência de si, ao encontro do branco.

Consumido pelas brigas com o pai, pelo monólogo intransigente com a filha e pelo árduo confronto diário com o ganha-pão, vestiu-se como quem diz amém por costume. Manuela preferia amá-lo com indiferença. Carregava o casamento como se fosse uma folha de outono, que aos poucos se seca, até romper com o galho, sem lutar, apenas entregando-o ao destino. Cedia ao temperamento do esposo porque ao menos assim encontrava fôlego para seguir adiante.

Pedro acompanhava amorfo sua família esquivar-se, como se sua sombra os repelisse. Seu fiel cão Átila, indefeso, exibia com distinta comoção o encolhimento do rabo. A dificuldade de suportar seu penoso papel com todas as responsabilidades levara Pedro a tratar seu humor. Preferia acusar seus ânimos, distanciando-se de si, já que desvendar a alma era como mexer com dragões adormecidos. A maneira mais invisível de desaparecer foi ingerir uma pílula que o controlava, como uma domadora de espíritos inquietos. De fato, sustentou a vida renovando as maneiras de sumir, substituindo o peso da existência pelo branco de apagar-se. Questionava se haviam roubado sua infância, com as precoces obrigações do sustento, e chegou a culpar a adolescência, reduzida a ausências de memória. Culpava mesmo. Sem dó.

Sentado no alpendre depois de um tedioso dia, observou a garrafa de uísque na metade e continuou engolindo-o com dura negação. Sorriu. Girou o dedo dentro do copo com o indicador, apreciando com encantamento uma pedra de gelo que circulava sem encostar-se ao vidro, como um girino que encontra proteção dentro do redemoinho, mal sabendo que está prestes a se apagar para sempre. Deu outros goles. Depois restaria lidar com a dor de cabeça, o remorso e os repetidos perdões, enquanto Manuela chorava para dentro e a filha, pálida, emudecia. Pedro, assim não dou conta! Eu também não, ele respondia. Manuela era daquelas mulheres que sabem distinguir e tinha uma compaixão plena pelo marido, como alguém que sabe esperar. Sonhava com o momento de simplesmente *estar* e por isso não cansava de construir sonhos, mesmo que incertos.

Pedro tinha saudades de outros humores, quando vivia mais intenso e com uma alegria que incomodava quem estava perto. Como empresário, aproveitava os tempos de ânimo exacerbado para motivar, mas a rotatividade de funcionários acabou por levá-lo à exaustão. Reinava absoluto, e depois, nublado, se apoiava na percepção de ter que desistir. Mais uma vez.

Vai tratar, que ninguém mais te aguenta, meu filho. “Está achando o que, que sou louco?”, respondia para a mãe, enquanto ainda era viva. Não suportava as perdas, nem o vazio do desamparo, agarrando-se na sua vontade de se orgulhar, nas metas a superar, numa espiral de performance que só lhe trazia o sentimento de incapacidade. Frustrava-se. Procurava confiar a vida a um tratamento, confiante na precisão dos fatos e no empenho de estar na média, construindo, com certa hesitação, seu alicerce em terra movediça.

Quanto mais repetia o rótulo para si, mais ele se legitimava, como se desse o direito de fazer loucuras e depois sofrer. Vivia displicente seus altos e baixos e, ao contrário da fluidez com que rios enfrentam cascatas com a certeza que depois virão as calmarias, utilizava de uma permissividade branca para mascarar suas dores e evitar o passado, que assombrava o presente e cujas lembranças sempre o remetiam à culpa. Dele mesmo e dos outros, entrelaçados numa teia de sofrimento e indignação, que o afundava numa lama de sentimentos contraditórios. Pedro chegara aos quarenta com a promessa da felicidade, mas, por onde olhava, enxergava as ruínas de um temperamento infeliz, ora possuído por garras, ora por escuridão.

Sob intervenção, usava o que disseram e como disseram, repetindo suas perturbações como se não fosse sujeito, desprovido da fantasiosa plenitude que lhe fora prometida por mãos invisíveis. Estava morno, apenas. Incapaz de se deslumbrar com a alegria das pequenas coisas e, também, sem vontade de ser triste. Assim lhe disseram, assim ele aceitou, e continua vagando sem coragem de se haver com seus pesadelos e os medos encobertos pelo orgulho. Mas, ainda assim, há esperança.

DESLAÇOS DE FAMÍLIA

"E apenas onde há sepulcros há ressureições."

Nietzsche

"Sempre haverá a invenção.
A única coisa que conta é saber se a invenção
que se faz é feita em nome da liberdade."

Sartre

Depois de matutar minhas incertezas, escancaro a história de um velho, talvez por caridade, quem sabe por reflexão. É certo que anseio relatar acontecidos, já que a mim ele tocou, e tento agora dispor de palavras acessíveis, de modo que o velho tenha o alcance merecido. A propósito, me chamo Gabriel. Não sei se conheci esse velho a ponto de fazer fiel relato, e agora lhe dou o respeito de chamá-lo de senhor, pelo menos por uma linha. Gostaria de tê-lo desnudado para tomar sua pele, emprestando-lhe a minha, como se tal fato o tirasse dos incômodos de viver. Mas desnudá-lo seria por demais violento, só se desnuda a si próprio. Me pergunto por que não deixavam o senhor em paz, teria se tornado um fardo? Ou era do tipo gagá, que cansa os outros? Queria estar nele para saber e contar melhor sucinto relato, mas me reservo a uma narrativa egoísta de quem nunca conhecerá a velhice tal como ela é.

Pois era distinto esse velho; digo, senhor. Por que o pudor de chamá-lo de velho, se assim o é? De que adianta cuidar com indiferença e redimir-se depois com o *senhor*, palavra vazia? Segundo xintoístas, um objeto centenário pode ser possuído por espíritos, e talvez por isso penso que o velho viverá até os noventa e nove (nunca aos cem), de modo a não ter que dividir seu espírito. Também é ele um egoísta! A diferença é que pode ostentar amor-próprio depois de tantos combates. Pôs muita gente no mundo, a tal da descendência. Não colocou todos eles, mas bem sabemos que os humanos são passíveis de multiplicação. Basta começar.

Ele não morava sozinho por consentida imposição, não por vontade. Se digo consentida, até parece que foi simples. Não foi. Ele tinha apego pela casa. Respeitado apego, fruto de décadas de incorporação de um lar tomado de histórias e lembranças empoeiradas. Depois que ficou viúvo, desaprendeu muita coisa, como se tivessem removido seus propósitos, substituindo-os pelo nada. Dona Macabea, fiel esposa, dedicara seus cuidados como quem ama de graça. Preparava o pão com manteiga todas as manhãs, servindo junto do café com leite e dois ovos, feitos com tanto amor, que ocupavam até seus sonhos. Deixou a vida de repente, esquecendo-se até dos ovos, que, queimados na panela, serviram de aviso, mostrando que algo sucedera. Desde então, a saúde do velho cedeu com a pressa de uma fuga adolescente, dando espaço aos intermináveis ruídos das Marias, que latiam por mudanças. Marias era o modo como apresentava suas filhas, ao mesmo tempo em que poupava palavras, pois, como bem sei, sua velhice o tornara econômico. Daqui só saio defunto!, dizia, cortando o assunto como um lenhador que não dá vez para a rebrota. E ia ficando bravo, trovejava. Mas está um velho muito rabugento!, reclamava qualquer das Marias, desse jeito não dá não! Resolveram a questão já antes decidida. Ele muda. Só faltava juntar ânimos para afrontar o "pai louco", assim murmuravam.

Se tinha algo que ele não gostava era de confronto. Seu lema era cultivar harmonia para colher paz. Mal sabia que o lema tornar-se-ia sua sentença. Tomado por uma compaixão amarela, deixou-se decidirem por ele, porque Macabea também levara embora sua determinação.

Uma das filhas, delegada para a tarefa, fez até de bom grado, apesar de semear um calvário na velha alma, que a cada dia pedia para ser ocupada pelos espíritos xintoístas, tornando-se, assim, objeto. Objeto-espírito ou simplesmente cinzas, tanto faz. A filha Maria do Socorro era irmã de Maria das Graças e de Maria das Dores. O nome diz por si só: socorro. Um dia ela chegou do serviço e viu o pai no jardim andando entre as ervas de um canteiro mal cuidado e deu um grito tão esganiçado, que ele engasgou com a respiração. Já para dentro, meu pai, se você cair vai quebrar todo, e nem ajudar eu consigo! Era até um cuidado genuíno (com reservas à gritaria, que escutei daqui de cima), mas fico com dó. Se ele não saísse de casa e fosse obediente, seria como já estar quebrado. Mas era esse preciso anseio pela liberdade que o fazia trilhar caminhos subversivos, quando podia desfrutar de algumas sensações.

Velho ou senhor, verdade que era bem velho esse senhor. Será que estava mesmo doente, tipo lelé da cuca? Pensei muito a respeito. Até parecia, pelo modo que o tratavam. Olhando bem para seu rosto, sua feição denunciava que a normalidade era impossível de medir, nem mesmo pela contemplação por horas a fio dos traços que iam mudando a cada dia. Cercado pela idade, restavam poucos fazeres, como ir à padaria, que era bem perto da casa da filha. De cômodo em cômodo, tinha a sensação de causar incômodo.

Certa manhã, babou um pouco tomando seu café, decerto porque os músculos vão afrouxando com a idade. Seu neto assistiu com desagrado e quase se levantou. Quem baba é maluco, pensou com inocente repugnância. Enquanto isso, o velho engolia doído, mais presente do que nunca. Fez o sinal da cruz agradecendo a refeição, como se assim tivesse a permissão de mudar o assunto de modo silencioso.

Levantou-se da mesa e foi à padaria. Gostava de cumprimentar todos na rua, todos mesmo, por costume ou simpatia, talvez porque vinha de uma época em que as pessoas gostavam de proximidades e faziam bom uso do tempo. Um casal saía da padaria quando foram saudados. Entreolharam-se, ele levantando a sobrancelha e ela com a mão na boca, como se escondesse a vergonha de caçoar. Fico me perguntando se trato assim os idosos, mesmo no descuido e sutileza de um movimento qualquer. Me reconforto pensando que ele não percebeu, tendo, assim, sido poupado dessa. Até mais, seu Antônio, disse a moça do caixa em sincera despedida. Ele sorriu, levantando o chapéu com a mão direita num movimento lento e gentil, voltando para casa com dois pães: um seu e outro para mim, seu anjo da guarda.

2054

> “O futuro dependerá daquilo que fazemos no presente.”
>
> **Mohandas Gandhi**

Todas as pessoas do mundo já haviam recebido o seu diagnóstico. O Manual Mundial de Doenças Mentais (MMDM) tornara-se o maior dos livros já publicados, em que era possível encontrar toda sorte de transtornos, síndromes e doenças mentais que afetavam o ser humano. Fonte de salvação para uma imensa parcela da população que dependia dessa identificação para ter acesso ao medicamento. Mas para alguns, era o início de uma vida de tormento, discriminação e marginalização. Era impossível não se enquadrar em um dos milhares de tipos de diagnose. Melhor dizendo, quase impossível: Acabara de ser anunciado ao mundo um jovem que desafiava toda a classe de profissionais da saúde mental. Marcelo não se enquadrava absolutamente em nenhuma categoria.

Sua normalidade instigava ninguém menos que Dr. Head, neuropsiquiatra, prêmio Nobel de Ciências Mentais e um dos maiores ícones que o período Alpha conhecera. Tal período, que procedeu a pós-modernidade, foi marcado não apenas pela consolidação da Inteligência Sintética, mas principalmente pelas revoluções advindas da decodificação das estruturas do cérebro e suas bilhões de conexões neuronais. O processo dessa evolução, que estava em fase de consolidação, fora marcado por incomensuráveis e calorosas discussões. Havia aqueles que defendiam os avanços da área, argumentando que nunca antes na história da humanidade foi possível oferecer intervenções tão eficazes no campo da saúde mental. Até as mais graves psicoses recebiam o polêmico tratamento de modificação de cadeias neuronais por meio de implante de células artificiais. O desentendimento se dava pelo fato de ser possível modelar esses neurônios e controlar o comportamento do indivíduo que, impedido de delirar, sucumbia aos desejos do sistema.

Os opositores afirmavam que o homem estava ultrapsicopatologizado. As células artificiais e os medicamentos disponíveis eram mais uma maneira de padronizar e modular os comportamentos, segundo uma ética autoritariamente prescrita, do que um efetivo tratamento. Comparava-se o homem aos robôs dotados de inteligência sintética. Em algumas situações, era difícil distinguir um do outro, tamanha as semelhanças. Podia-se ser atendido por um deles em mercearias, feira de trocas e até mesmo em casas de relaxamento. Os robôs gozavam da plenitude de quem não tem dilemas existenciais.

Casos cômicos dessa nova era, que tropeçava em contradições, não eram difíceis de encontrar na história. Um dos que ganharam a mídia vinte anos antes foi o Transtorno do Bom-Dia no WhatsApp. Os critérios diagnósticos eram muito criticados, pois acabavam por rotular aquela tia que costumava enviar um saudoso "bom-dia" em imagens cheias de gatos e palavras de fé. Acarretou burburinho e repercussão o caso do terapeuta que criou um grupo virtual para tratar dessa moléstia. Após todas aquelas tachadas tias serem adicionadas, entrou o estagiário encarregado de transcrever as sessões e chegou logo saudando a todos com um expansivo "bom-dia", em caixa alta e negrito. Foi sua primeira e última postagem antes de perder a vaga de trabalho. No mesmo instante foi direcionado para um psiquiatra que o diagnosticou com o Transtorno do Estagiário Interruptivo, distúrbio acometedor da maioria dos estudantes de nível superior. Estes, de tanto criarem situações interruptivas, eram, por sua vez, reconduzidos a uma terapia de treinamento, que consistia na retenção do diploma até que conseguissem se comportar de maneira adequada. Os casos de reincidências eram tão altos, que foi preciso criar as chamadas AEAs (Associações de Estagiários Anônimos).

Marcelo passara ileso pelas inúmeras triagens obrigatórias, tanto na escola como no trabalho e nos demais rituais da vida cotidiana. Dentre elas, a Carteira de Passageiro – que permitia andar nos autocarros – e a Checagem de Maioridade, que além de analisar o nível de maturidade cerebral por meio de neuroimagem, era tida como uma das mais confiáveis pela comissão do MMDM, permitindo definir com exatidão a condição psíquica do indivíduo. Em todo lugar havia um especialista em doença mental, pronto para lhe designar um rótulo.

Sua mãe Karla, que era diagnosticada com a Mania do Perfeccionista em Relações Familiares, tentara os mais renomados profissionais e se sentia cada vez mais frustrada por não encontrar o que o acometia. Marcelo era normal, e isso a assustava. Tamanha raridade chamou atenção da mídia local, porque havia muito tempo que um caso desses não era registrado. Na história recente, houve apenas uma situação de um rapaz que não se enquadrava em nenhuma classe diagnóstica. Ele era visto com tanta estranheza, que acabou desenvolvendo Fobia Social, Síndrome Persecutória e Transtorno do Isolamento Coletivo – o que acabou por levá-lo ao suicídio. Por conta desse histórico, Karla tentava protegê-lo do assédio midiático. Mas seu esforço era inútil no tempo em que as redes de comunicação estavam implantadas nos tecidos humanos e cada vez mais Marcelo era requisitado por profissionais da saúde e por influenciadores digitais.

Para evitar casos como aquele do suicídio, foi desenvolvida uma nova Teoria do Diagnóstico Precoce, em que era possível diagnosticar transtornos mentais em bebês de 0 a 6 meses de idade. Era um complexo modelo desenvolvido a partir da correlação de microtraços do temperamento da criança, interações genéticas e modelos psicométricos de relações familiares. Um irmão que Marcelo não chegou a conhecer foi identificado com Esquizofrenia quando tinha sete meses de idade. O tratamento foi considerado um sucesso, mas depois de um tempo ele não reconheceu mais sua mãe e foi viver o resto da sua vida num retiro budista, onde nunca mais teve contato com a sociedade. Os profissionais, no entanto, festejavam a possibilidade de diagnosticar, tratar e prevenir uma série de complicações da fase adulta. Normatização e padronização eram as palavras da vez.

O telefone tocou. Era o Dr. Head. O papa das ciências mentais tivera conhecimento da história do jovem e queria desesperadamente examiná-lo. No seu íntimo pensava que poderia encontrar em suas células neuronais a salvação definitiva para grande parte dos transtornos, com a pretensão de livrar a população da medicação e dos tratamentos. O que ele não tinha consciência era de que se tornara escravo do próprio processo de avaliação. Transformara-se em um diagnosticador e, por isso, seu desejo de salvação era impossível de ser realizado. O trabalho dos cientistas de sua posição se assemelhava ao executado nos antigos cartórios, em que a crueza do burocrata determinava as carimbadas, seguindo o rigor das leis e diretrizes federais.

Marcelo seguia sua vida tentando não se incomodar com o rumo dos novos acontecimentos, o que era cada vez mais difícil. Dotado de uma sensibilidade para observação, cada vez mais percebia uma energia negativa vinda dos outros, que o fitavam com olhares penetrantes - às vezes medrosos. Sua sanidade o permitia seguir com seu cotidiano, baseado na administração do tempo, segundo faziam os antepassados do Oriente, em que procurava realizar diariamente um tipo de higiene mental que o tornara uma pessoa amável e consciente de si. Ao acordar, meditava por alguns minutos e estabelecia um tempo de dedicação a algumas práticas que julgava importantes para sua vida, como atividades físicas e autoterapia. Procurava fazer o bem e não deixar que a negatividade das pessoas influenciasse sua percepção sobre si e sobre a vida. Era capaz de discernir com muita eficiência o quanto se podia doar para o outro, sem que aquilo o consumisse e lhe tornasse um fardo. À noite, ao encostar a cabeça no travesseiro, exercitava suas gratidão por tudo aquilo que viveu nas últimas vinte e quatro horas.

Agora ele tinha um novo conjunto de atividades que eram-lhe, ao contrário das outras, dispendiosas: os encontros com o Dr. Head. Depois que as avaliações iniciaram, sentia que estava se tornando um pouco ansioso, mas ainda sem critério para ser enquadrado no Transtorno de Microansiedade. A bateria de exames que o cientista designara era cansativa e enfadonha. Cubos, figuras, cálculos, entrevistas, amostras de sangue, biópsia de células da glia. Seu caso tornara-se uma tese de estudos do famoso laboratório de Head, envolvendo dezenas de profissionais das mais diversas especialidades. Contava ainda com a ajuda de Valéria, uma psicóloga tão obcecada por exames do estado mental, que sentia o cheiro da psicose e a vibração das neuroses – sendo assertiva na maioria dos casos em que se debruçava. Era uma espécie em extinção, já que as neurociências haviam abarcado quase toda a psicologia tradicional, porque estava isenta de envolvimentos afetivos. Em seu último dia de trabalho, tentou discutir o caso com o neuropsiquiatra, acenando para uma possibilidade de alta para Marcelo, mas foi engavetada junto com seu diploma num extenso armário de psicólogos esquecidos.

O cientista estava obstinado a descobrir o que acometia Marcelo. A possibilidade de ele ser normal abriria uma fonte inesgotável de tratamentos para a humanidade. O "não ter nada" seria a salvação de bilhões que se arrastavam em medicamentos tentando conviver com o sofrimento mental. Impossível, como dissemos. Dr. Head estudou minuciosamente todas as possibilidades. Passou noites em claro e dias cazumbizando pelo laboratório. Só parava para tomar pílulas nutritivas, uma vez por dia. Refém do próprio processo que criara, restou-lhe uma única saída: a criação de uma nova classe diagnóstica, contraditoriamente denominada Transtorno da Normalidade Alpha.

SOBRE O AUTOR

Rodrigo Pazzinatto de Almeida Leite nasceu em São José dos Campos (SP) e atualmente mora em Sete Lagoas (MG). Antes de chegar a terras mineiras, pela cidade de Pirapora, cresceu na terra querida Jundiaí, graduou-se em Engenharia Florestal na saudosa Piracicaba e depois trabalhou em Mucuri, na Bahia. No gosto de experimentar a vida em busca de sentido, deixou a profissão de Engenheiro e Paisagista para cursar Psicologia. Desse encontro, passou a ministrar palestras, escrever poesia e produzir obras literárias que dialogam com temas *psi*, como autismo, finitude, saúde mental e psicopatologização da vida cotidiana, tema que norteia as histórias desse livro. Em 2019, ganhou o prêmio internacional Special Tribut, que reconhece boas práticas para a humanidade e foi primeiro lugar na categoria prosa do concurso literário Cartas a Tiradentes.

rodrigopazzinatto

MISTO
Papel proveniente de fontes responsáveis
FSC® C092828
FSC
www.fsc.org

PRINTED WITH SOY INK®